名 家 教 学 典 范

# 郭子良

Meticulous Flowers-and-Birds Sketch of
## GUO ZI LIANG
and Appreciation of Works

## 工笔花鸟
写生与创作赏析

郭子良 绘

海峡出版发行集团
福建美术出版社

# 郭子良

1964 年出生，籍贯广东顺德，毕业于广州美术学院中国画系。现为中国国家画院国画院专职画家、研究员，国家一级美术师，中国美术家协会会员。曾为江苏省国画院花鸟画研究所副所长。

其中国画作品曾参加第九、十、十一届全国美展及各类全国性展览，并获"第九届全国美展"铜奖、"中国艺术大展·历史画与主题创作展"铜奖、"第四届当代中国工笔画大展"丹青铜奖、"首届中国写意画展"优秀作品奖、"第四届全国画院优秀作品展"学术奖、"江苏省万里写生创作展"一等奖等多个奖项；作品为江苏省美术馆、广东省美术馆、江苏省国画院、广州美术学院等多地学术机构收藏；出版多本个人画集。

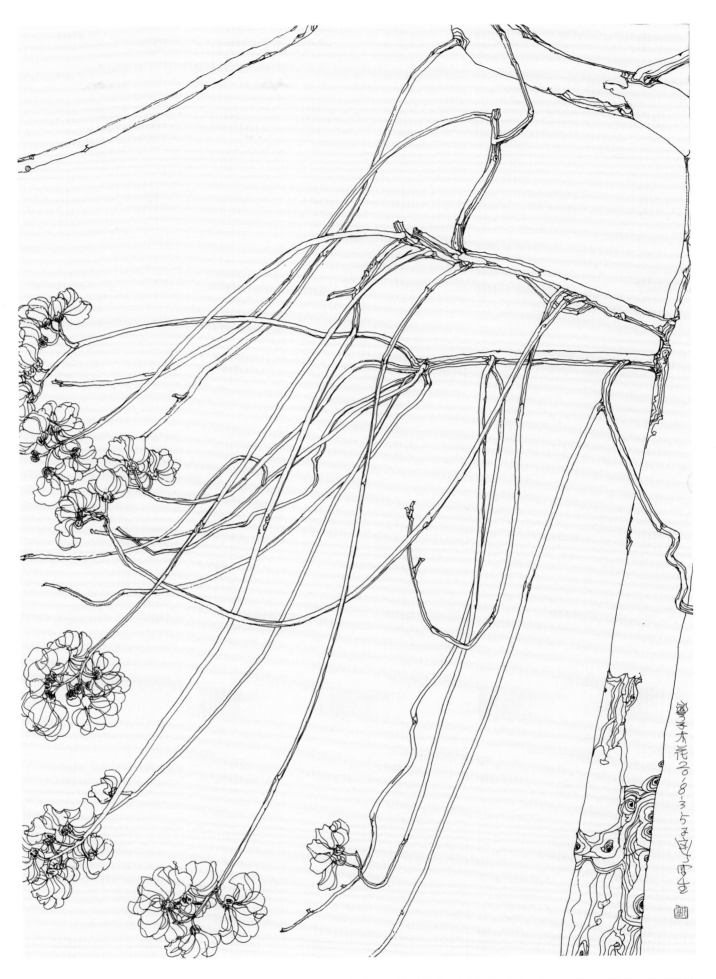

⬤ 工笔花鸟画的线描写生主要解决造型与构图的问题。造型与构图是并列关系，在某种程度上，现代花鸟画创作构图的重要性甚至大于造型因素。构图关乎整体，而造型更多是关乎局部问题。一张画（写生或创作）的构图与整体结构不理想（或者比较普通），其影响大于局部造型上的不足。因此我在写生或辅导学生的过程中，更为注重构图的作用。

⬤ 造型上的五个阶段：1. 写实能力；2. 归纳取舍概括能力；3. 进一步的夸张能力；4. 变形；5. 走向抽象。应该清楚自己现在处在哪个阶段，还需要加强哪个环节。有些学员写实能力很强，细节刻画特别好，但是没有取舍概括的意识；有些学员在上列1~2 项中已经做得不错，但是造型上不敢夸张，形象流于普通。而从夸张到变形直至抽象，是造型艺术走向更具表现力与主观性的阶段。

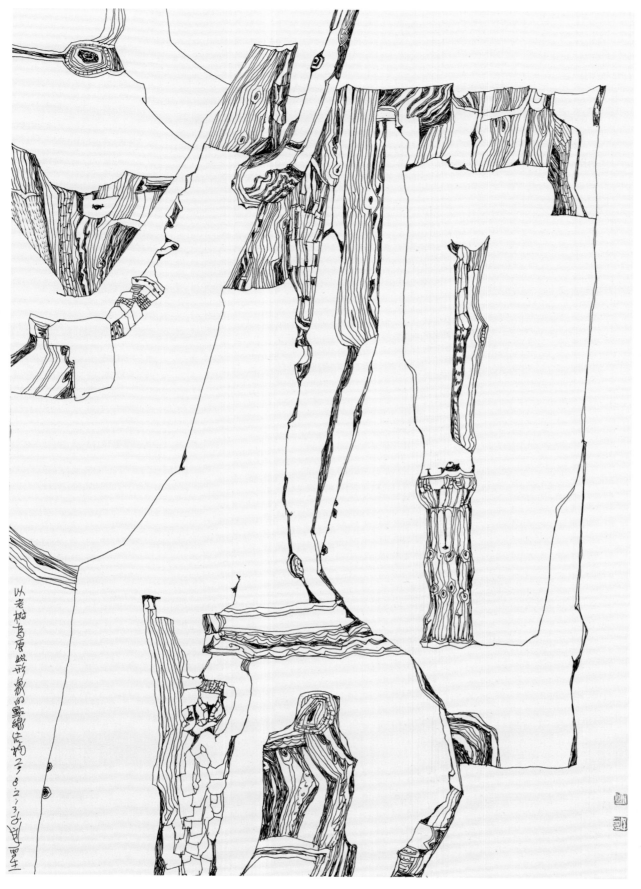

以老树直向纵形象的墨描法构之·8·2·3孟进墨至

⊜ 构图方面，主要是对传统构图与现代构图的差异要有足够的认识，在构图取向上做符合自己的选择。传统构图比较倾向于自然法则，在自然变化的基础上进行概括与归纳，构图取势强调"起、承、转、合"，多用"C"形或"S"形的构图，习惯用曲线构图而忌用直线与对称构图，等等。现代构图打破传统的自然构图观，吸收西方的美术设计学说，把画中物象归纳为平面构成中的点、线、面的关系，强调主观性与设计性所带来的形式美感，符合现代人的审美品位。我的工笔花鸟画倾向于使用现代构图，在线描写生阶段，就大量运用平面构成的原理去选择对象及处理构图，充分展现物象背后的点线面构成关系，其超越自然主义的构图观。

⊗ "平面构成"在构图上的运用也有个"程度"的把握，过度使用会带来另一个问题：绘画性的减弱。在"自然"与"设计"之间要保持微妙的平衡，根据写生对象与写生角度来决定是"自然"多一点还是"设计"多一点。我倾向于把主观设计隐藏在客观具象之中的写生构图方式，尽量避免"硬构成"或"硬装饰"的画面效果。写生中大部分巧妙的构图都源于自然物象组合的启发；预设一个构图然后套用自然物象，更多是在创作阶段的构图设计上。

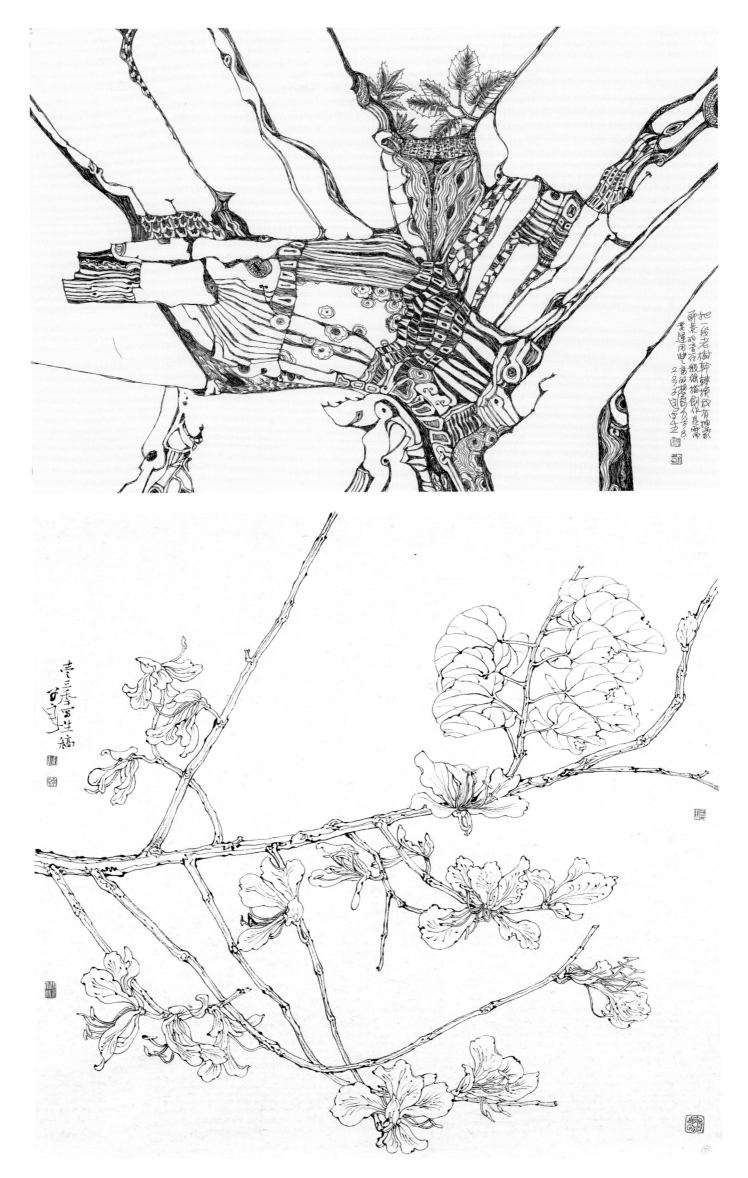

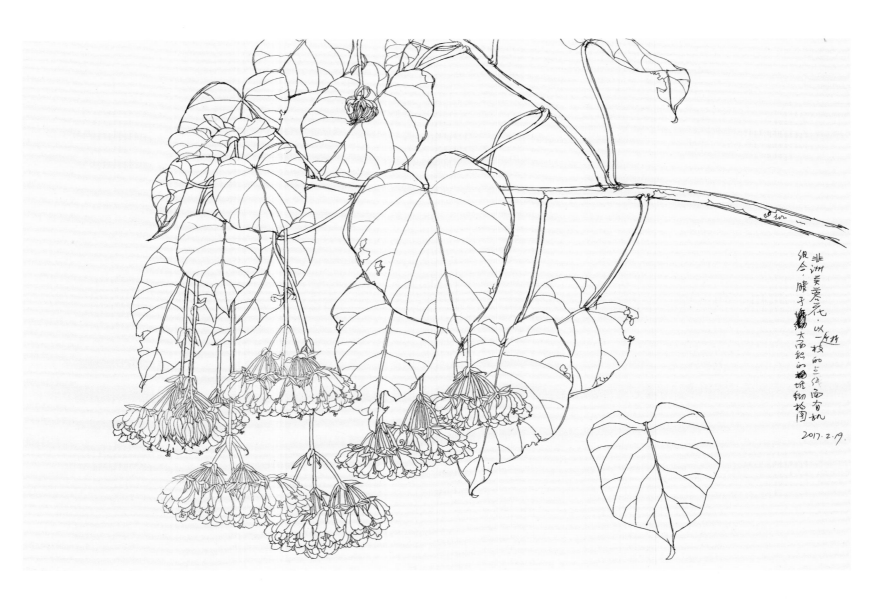

非洲芙蓉花·以一枝的三组
组合 临于博物
大西乡的植物标本
2017.2.19.

竹根5枝干的自由
组合2018.2.9晚
于版纳植物园小道

竹林中一枝下垂的
枝與二叶,其疏密聚
散及枝条的动势交错
组合的体现写生的
涵规,抗争力也2013.1
写生示范记子宜 .24

（五）线描写生中"线"的运用：用好"对比"关系。长与短、曲与直、疏与密，是线条中的六大元素，它们所形成的造型上与构图上各种对比
关系，就是线描稿的生命之所在。"对比"（以10作为一个整体）的几种惯常比例关系：5~5、6~4、7~3、8~2、9~1 。其中 5~5 对比是
对等平均的关系，而 9~1 对比是最大差别的关系。在应用上，对比越大，效果越强。篆刻常讲"疏可跑马密不容针"说的就是疏密对比的强化；
用强对比还是弱对比要根据画面情况而定，而特别精彩的线描，往往是敢于打破常规，出人意表。所以在画线描时，心中要有一个"对比表"。

❶ 在熟宣（或熟绢）上用勾线笔勾出正稿。用笔挺拔而平缓，用墨的浓淡可根据需要在各个部分之间做整体变化，
但不宜在局部上变化太多。

❷ 几组花团作为画面的重心，首先画出来，用撞色法求得色彩的流
动与变化。

❸ 对叶片作统一的底色处理，一般用赭石、暖黄或硃磦等暖色调
打底。

④ 将叶片分为两组不同的色彩关系，一组为青灰，一组为石绿。同一组色彩也需要在明度与灰度上略有变化。

**⑤** 叶茎、枝干纹理填亮色或暗色使之凸现出来；最后做底色处理，画面完成。

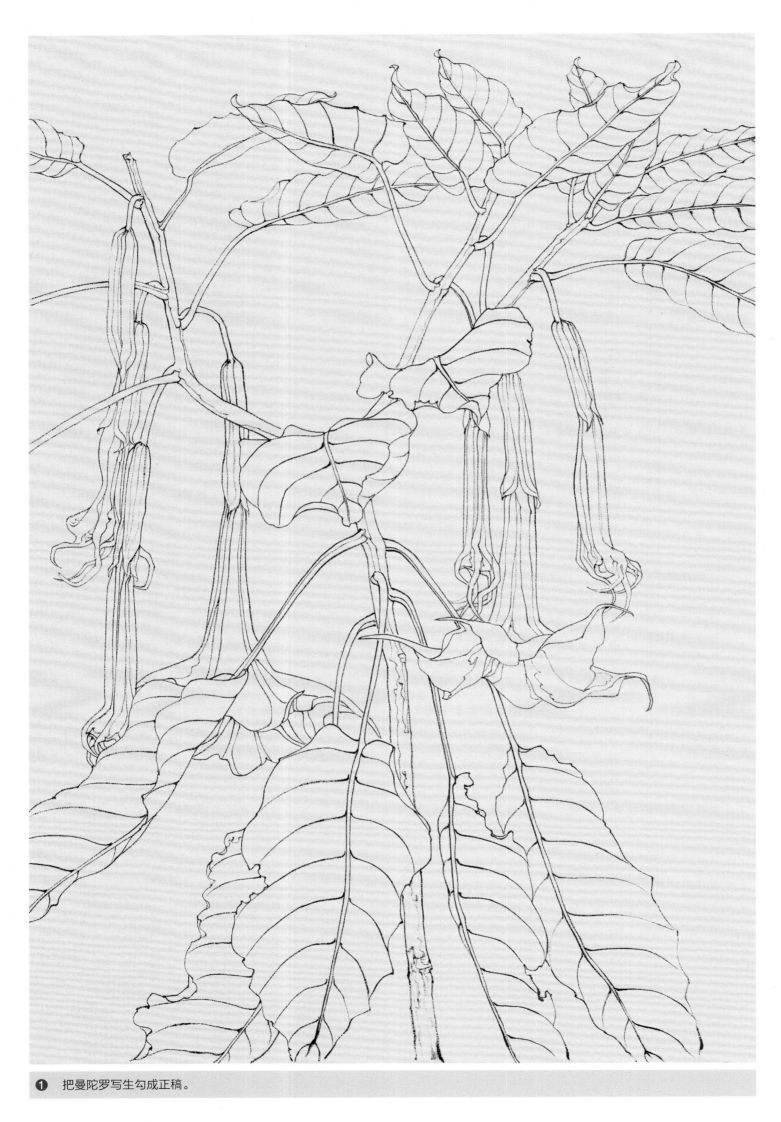

**1** 把曼陀罗写生勾成正稿。

**❷** 这幅画的技法重点在花朵部分。曼陀罗花通常是白、黄、紫三种色，因此这里花的红色是一种主观色，打破习惯的设色方式。

**❸** 花朵画好后，用赭石色做叶片底色。

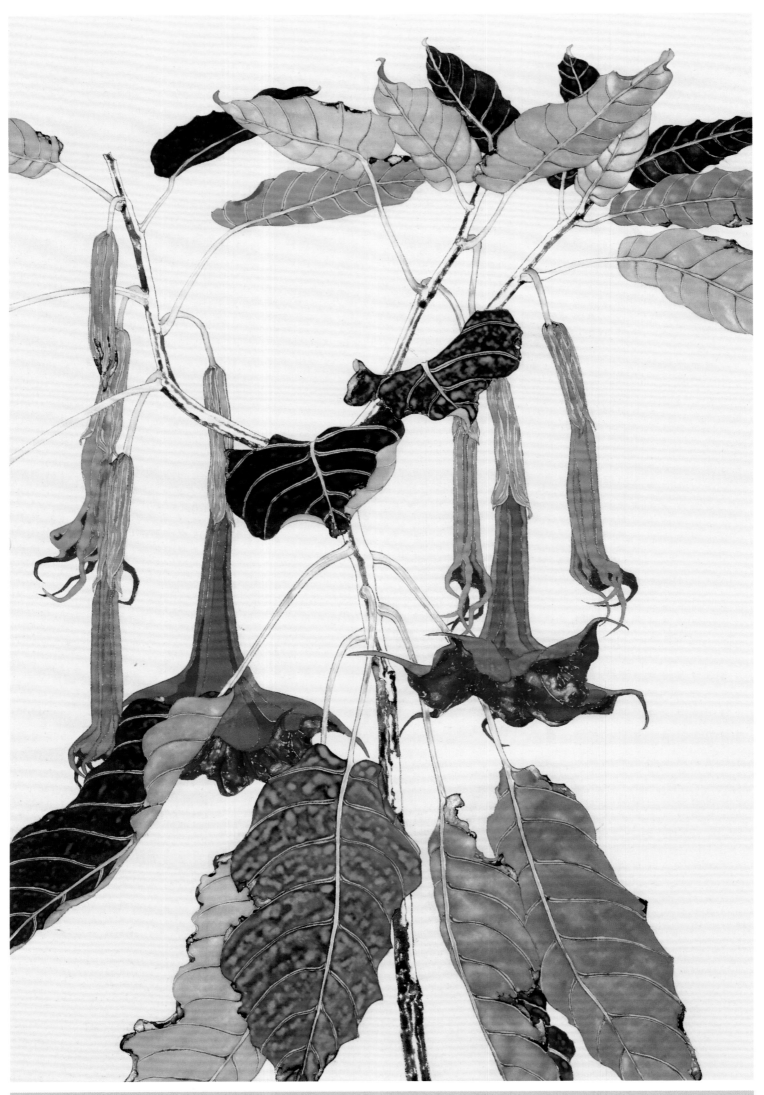

❹ 叶片分两种色：石绿与石青。石绿较响亮，石青略调墨，如此能使两组色彩的明度对比拉开。

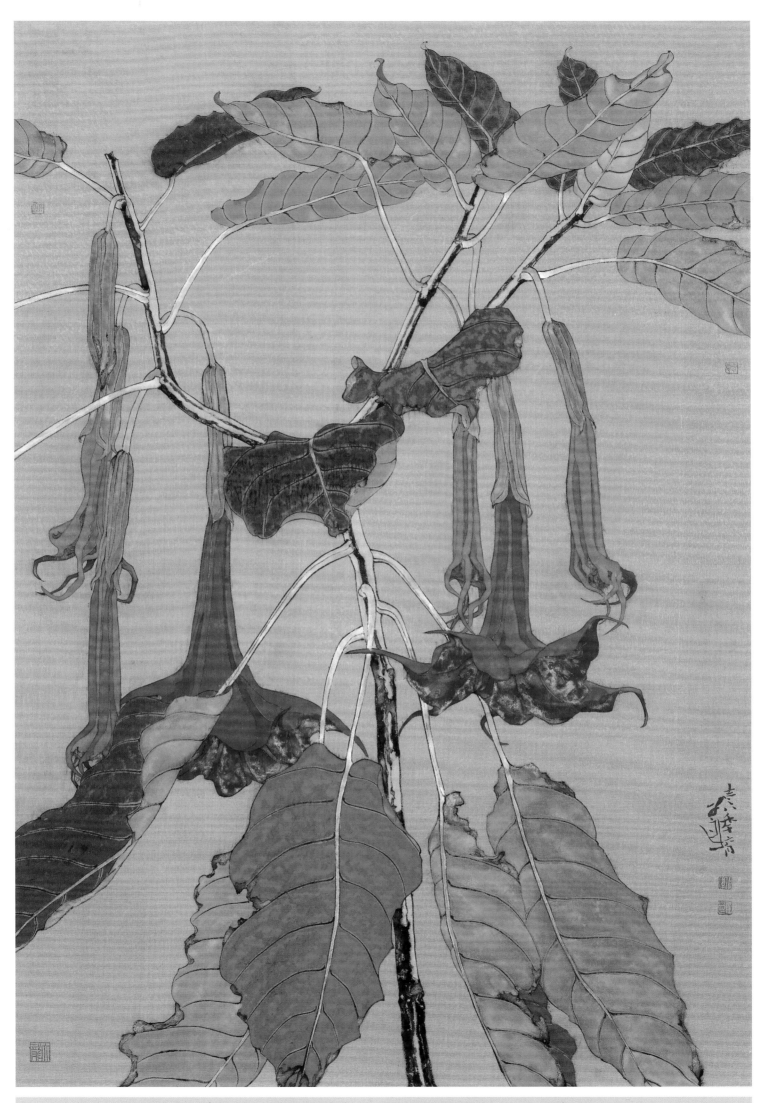

**⑤** 花、叶、茎枝各色彩处理完毕，再染暗灰底色，作品完成。（若作品的空间面积较大，可先画底色再画主体部分）

❶ 用毛笔勾出正稿。

❷　竹根部位作为重点首先进行撞色处理。

❸　这张作品以撞色法为主要手段，竹的根、叶、枝及杂叶运用不同的色彩，形成以红、黄为主调的色彩关系。

❹　局部细节上的大小、疏密变化，红黄主调中加入的紫蓝色，使画面具有对比与节奏感。

⑤　各种形态与色彩、空间分割与灰底色达到一种高度的协调，作品完成。

西双版纳写生之·卉丛红鸟
92cm×62cm
2018 年

西双版纳写生之·蜥蜴丛林
92cm×62cm
2018 年

热带花卉工笔重彩写生系列之·小鸟蕉与小鸟
82cm×62cm
2016 年

**我在工笔重彩花鸟画中色彩运用的点滴体会**

从过去的淡彩到现在的重彩，我的工笔花鸟画色彩运用有了一个大转变。这种改变源自古代壁画的启发。古代壁画色彩表现力之强，虽历千百年而愈显璀璨。我的色彩运用吸收了几点古代壁画的元素，以及与现代技法的结合：

1. 主观色彩的运用及其装饰化处理，画面色彩与表现对象的固有色彩往往有较大差异。

2. 简拙而略带写意的敷色技法，色块的平面化与撞水撞色的变化相结合，不求精雕细琢的制作性技法。

3. 借鉴古代壁画因年代久远而产生的灰暗背景效果，但不刻意制作画面的残破肌理感。

4. 用比较浓重的色彩进行撞水撞色处理，使之既有流动变化又厚重强烈。

5. 色彩颜料不拘一格，举凡中国画矿物植物颜料、日本水性颜料、水彩、丙烯等等都有使用。岩彩倒是没有使用过，以后如果有必要也会尝试使用，但使用岩彩要改变其他的媒介材料来配合。

热带花卉重彩写生系列
之·蝎尾蕉
82cm×62cm
2016 年

热带花卉重彩写生系列之 · 鸡蛋花的枝丫
82cm × 62cm
2017 年

热带花卉重彩写生系列之·鹤望兰
82cm × 62cm
2016 年

热带花卉重彩写生系列之·非洲芙蓉花
82cm×62cm
2017 年

热带花卉重彩写生系列之一 闭销姜花
82cm×62cm
2016年

热带工笔花鸟写生系列之·小鸟蕉与变色龙　82cm×62cm　2016年

西双版纳写生之·露兜树与蜥蜴　92cm×62cm　2018年

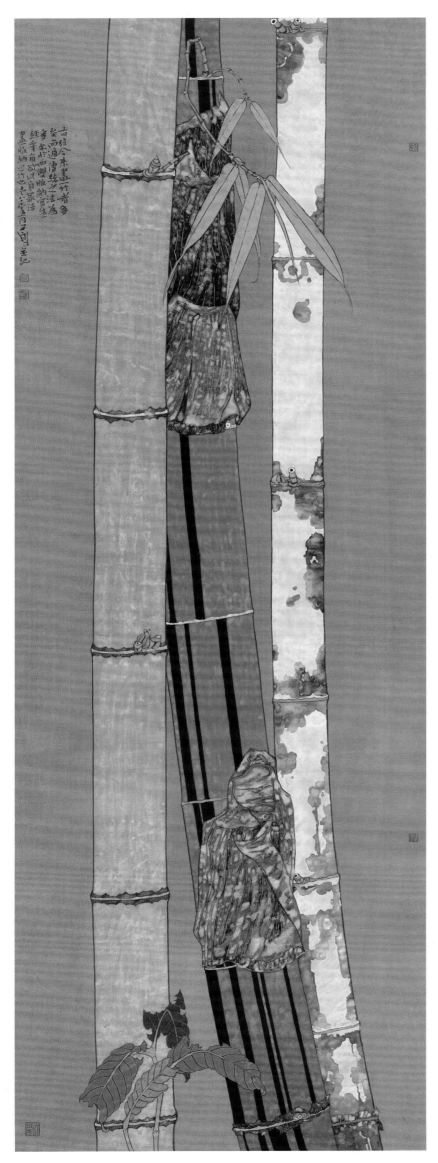

西双版纳写生之 · 竹的组合
140cm × 50cm
2018 年

西双版纳写生之·弯子木之花　92cm×62cm　2018年

西双版纳写生之 · 枯枝与昆虫
92cm × 62cm
2018 年

西双版纳写生之 · 紫荆花
92cm × 62cm
2018 年

西双版纳写生之·二裂瓦理棕·2
140cm×50cm
2018 年

西双版纳写生之·二分裂瓦理棕·1
140cm×50cm
2018 年

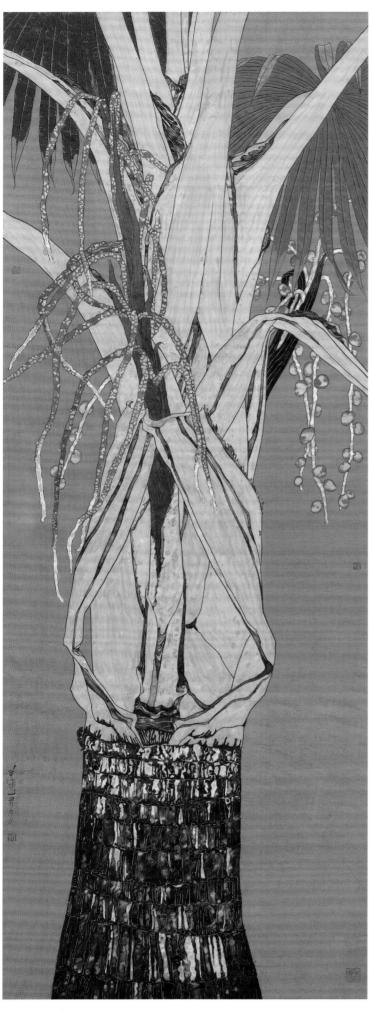

西双版纳写生之 · 棕树
140cm × 50cm
2018 年

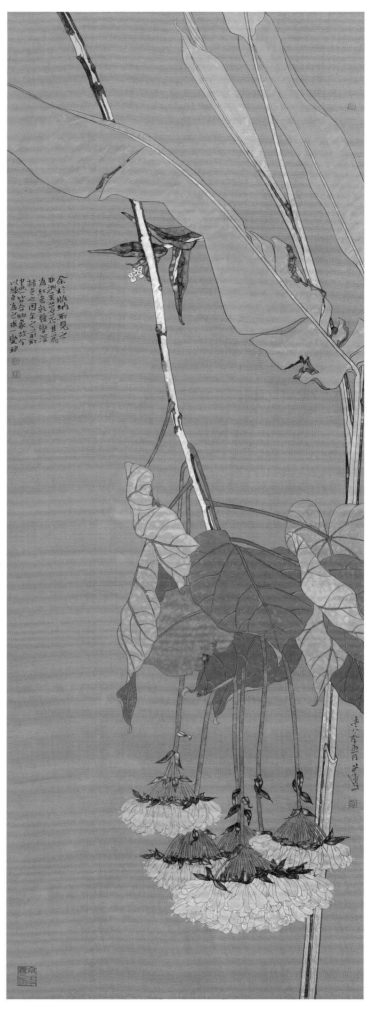

西双版纳写生之 · 小鸟蕉与非洲芙蓉花
140cm × 50cm
2018 年

西双版纳写生之 · 水中的竹芋之花
140cm×50cm
2018 年

西双版纳写生之 · 野芋
140cm×50cm
2018 年

热带花卉工笔重彩写生系列之 · 竹芋
82cm × 62cm
2017 年

热带花卉重彩写生系列之·野稻谷
82cm × 62cm
2017 年

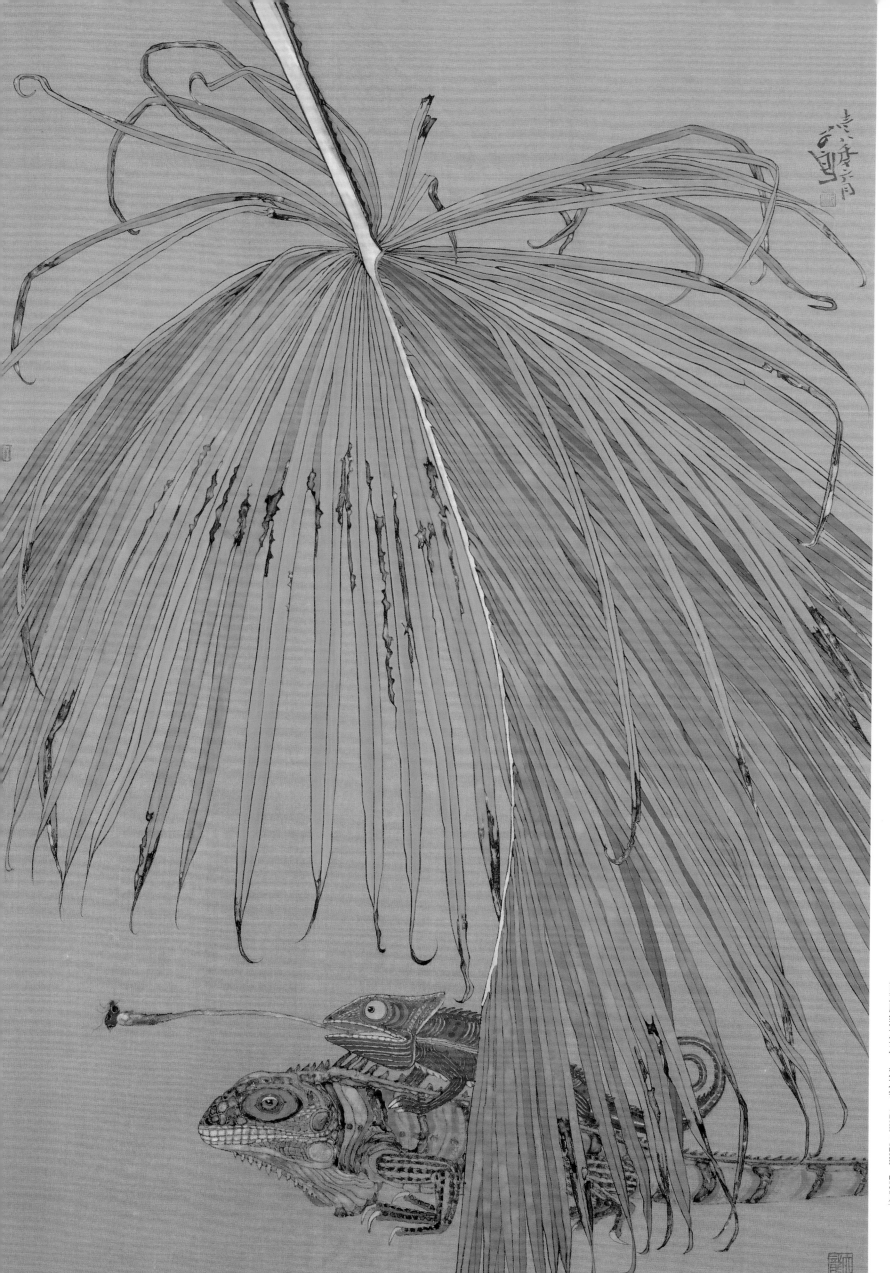

西双版纳写生之 · 双龙会　92cm×62cm　2018年

西双版纳写生之·红花西番莲
92cm×62cm
2018 年

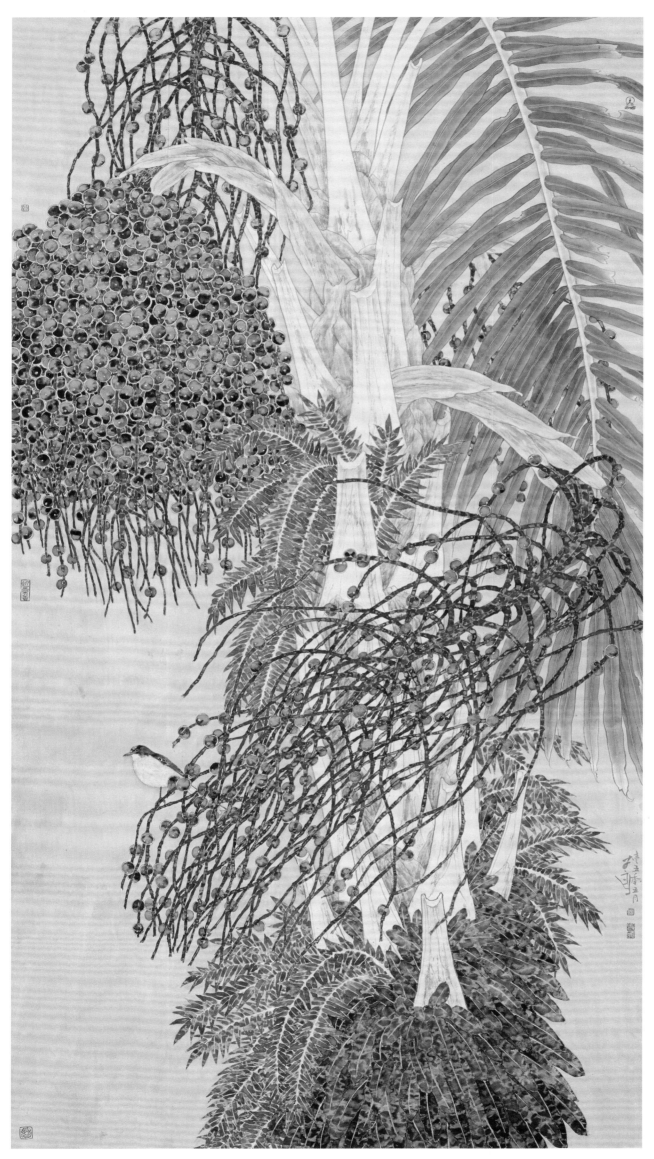

热带写生之棕果小鸟之二
180cm×93cm
2015 年

热带写生之棕果小鸟之一
180cm×93cm
2015 年

热带写生之旅人蕉·一
180cm×93cm
2015 年

热带写生之旅人蕉·二
180cm×93cm
2015 年

线的联想·一
68cm×68cm
2016 年

线的联想·二
68cm×68cm
2016 年

偶遇
68cm × 68cm
2016 年

热带花卉重彩写生系列之·决明子之花
82cm×62cm
2017 年